나는
부자이옵니다

나는 부자이옵니다

초판 1쇄 발행 2023년 12월 9일

지 은 이   이한길
발 행 인   권선복
편   집   한영미
디 자 인   김소영
전 자 책   서보미
발 행 처   도서출판 행복에너지
출판등록   제315-2011-000035호
주   소   (07679) 서울특별시 강서구 화곡로 232
전   화   010-3993-6277
팩   스   0303-0799-1560
홈페이지   www.happybook.or.kr
이 메 일   ksbdata@daum.net

값 20,000원
ISBN 979-11-92486-33-8 (03810)

여명의 시 제2집

나는
부자이옵니다

삶의 노래

이한길 詩集

도서
출판 행복에너지

여명은 천재 시인이다!

60대 중반의 나이가 되면서 삶이 참으로 덧없다는 생각을 자주 하게 된다. 그동안 나라고 믿어왔던 것들이 한낱 껍질에 불과했다는 허망한 느낌이 들기 때문이다.

나는 과연 누구인가? 존재의 의미에 대한 흔들림으로 인하여 불안과 결핍의 잡념들이 소용돌이치기 일쑤이다. 그럴 때마다 맑고 순수한 삶에 대한 갈증이 일어나서 어린 시절로 돌아가고 싶어진다. 그러나 그것도 잠깐의 흐릿한 배경(背景) 정도로 스쳐 지나갈 뿐이다. 내 안에서 이미 커질 대로 커져 버린 거짓 에고(Ego)가 잔뜩 똬리를 틀고 앉아 있기 때문이다.

나는 여명의 시 제1집 『바람이 바람에게』를 읽으면서 詩를 통하여 존재의 의미를 성찰하고 순수의 시공간에 온전히 머무르는 기쁨을 체험했다.

나는 바람이다. 삶은 바람처럼 불규칙한 흐름을 타고 모든 정서와 연결되어 흐르지만, 세월 속으로 흔적 없이 녹아 사라진다.

나는 초딩 시절 냇가에서 즐겁게 노래하던 외로운 한 마리의 작은 할미새이다.

또한 나는 뒷골의 작은 소(沼)에서 마음껏 헤엄치며 놀던 한 마리의 버들치다. 무서비도 순이도 해남이도 모두 천국의 버들치이다.

우리는 순수한 존재, 그 자체로서 더없이 행복이다.

학창 시절 국어책에 실렸던 詩들은 반백 년이 지난 지금까지도 특별한 설렘으로 마음속에 새겨져 있다.

"나는 아무 걱정도 없이 가을 속의 별들을 다 헤일 듯합니다. (중략) 별 하나에 동경과 별 하나에 시와 별 하나에 어머니 어머니……."

정감 어린 단어들이 마법 같은 운율을 타고 흐르니 참으로 아름답다. 우리 말의 조탁(彫琢)과 선용(善用)으로 빚어진 아름다운 예술작품이다.

여명의 시는 다른 결의 아름다움이 있다. 내면에서 샘솟는 詩語들을 퍼 올려서 그대로 쫙 펼쳐 놓은 느낌이다. 날것 그대로의 순수함이 배어 있는 독창적인 아름다움이 있다.

아름답다고 해서 무조건 훌륭한 예술작품이 되는 것은 아니다. 훌륭한 예술작품을 대하면 미처 몰랐거나 놓치고 있었던 의미 있는 무언가를 감성적으로 느끼게 된다.

여명의 시집을 머리맡에 두고 천천히 여러 번 음미하면 알 수 있다.

특히 오륙십대 중년층은 그의 시를 통하여 고단하고 지친 삶을 순수한 감성으로 정화할 수 있다. 중년기를 지나면서 내면, 육체, 환경에 대한 모든 것들이 침체되고 상실되는 쪽으로 변화되기 때문에 우리는 큰 소외를 경험하고 흔들리게 된다. 그의 시(詩)는 심리적 웰빙에 도움을 주는 순수한 벗이 될 수 있다.

　여명은 천재 시인이다. 천재는 타고난 재능을 가진 사람이다. 그는 시인으로서의 타고난 재능을 가졌다. 그렇기 때문에 시어(詩語)들이 내면에서 저절로 흘러넘쳐 그렇게 많은 작품을 지침 없이 내놓을 수 있는 것이다.

　아쉽게도 그는 지인(知人) 등을 제외한다면 아직 무명 시인에 가깝다. 그의 천재성을 간파하고 시집 출간에 순수한 열정을 보태고 계신 도서출판 행복에너지 권선복 대표님께 존경의 인사를 올린다. 여명의 시 제2집 『나는 부자이옵니다』 출간을 계기로 그의 천재성이 유감없이 발현될 수 있는 멋진 인연이 열리기를 두 손 모아 간절히 기원한다.

2023년 가을

신중년연구소장 **최주섭**

순수 시인의 대명사, 여명 이한길님!

7월의 청포도가 폭염으로 벌겋게(?) 익어가던 어느 날 저녁 여명 시인과 성림, 이렇게 우리는 서울의 지하철역 부근에서 기적처럼 다시 만났습니다.

참으로 오랜만에 세 친구가 옛날 빈대떡에 막걸리잔을 부딪치며 여명 시인의 첫 시집 『바람이 바람에게』 출간을 축하하면서 '제2집' 출간을 다그치기도 했는데, 그 때문이었는지는 몰라도 올 시월쯤 둘째(?)가 출간될 거라는 반가운 소식을 접하고서 울고 싶은데 뺨 때려 준 양 흐뭇했습니다.

한편으로는 억겁의 세월을 참고 기다린 활화산과 생의 90% 이상을 땅속에서 기다리다 우렁차면서도 애절하고 절박하게 울음 우는 매미처럼 여명 시인의 시간은 이제부터라는 생각이 들었습니다.

여명의 시 중에 '물버들, 도래솔꽃, 허방어살, 국수나무꽃, 쏙독새, 나무초리……' 등 토종 시어들이 많은데, 그중에서도 "할머니 흰 고무신은 십문 삼"이란 글 중 '십문 삼(10.3)'이란 단어는 신발의 크기를 말하는 건데(1문=2.4센티) 지금은 잘 안 쓰는 말이어서 더욱 정감이 가고, 한때 비슷한 용어로 '십문 칠'이란 말이 유행했는데 이는 '잘 맞고 아주 좋다'는 뜻으로 사용되기도 했습니다.

여명 이한길 시인의 삶은 순수한 바람 같아서 모퉁이에 부딪히고 폭풍우에 시달리면서도 정도를 지키며 오로지 시를 통하여 소통하고 위로받았음을 알 수 있습니다.

"앞만 보고 살았어도 늘 뒤가 있었습니다", "치열하게 나의 길을 걸어가고", "슬픔 자리에 바람처럼 서 있던 사람" 등의 표현을 통해 그동안 여명이 걸어온 고난과 고독의 긴 여정을 대변하였기에 원산지가 시골인 순수 유기농 청정 여명의 시는 씹을수록 단맛이 납니다.

또한 '소르르, 나푼나푼, 살그미, 나지리……' 등 토속적인 표현들이 친숙하게 느껴졌으며, 특히 「그리움」이란 시에서는 '나바라기(나만 바라봄)'라는 단어가 있는데 이는 국어사전에도 없고 여명만의 창작 단어를 사용하여 놀랐는데 이러한 독특하고도 기발한 능력을 평가하여 시평을 쓴 친구 성림(최주섭)의 격찬대로 여명은 가히 무명의 천재 시인이라 할 수 있겠습니다.

그는 지역사회에서도 모범적이어서 국무총리상(애지회 단체수상)까지 수상하고서도 전혀 내색하지 않고 오히려 부담스러워하며 공을 애써 감추려는 겸손과 선한 인성을 가진 그 옛날 시골의 순수한 문학청년의 모습 그대로입니다.

순수하고 신선한 여명 님의 시 제2집 「나는 부자이옵니다」 탄생을 축하드리며, 여명의 시가 정신이 오염되고 정서가 메말라가는 이 시대의 모든 이들에게 훌륭한 진정제가 되고 힐링이 되는 시원한 바람으로 더 크게 다가와 주시길 바랍니다.

계묘년 가을 홍천에서

송산 **강무섭**

여명의 시 제1집 『바람이 바람에게』를 읽고 정서적 아름다움과 존재의 회복을 위해 시인의 고향(홍천군 북방면 화동리) 어귀에 서 있는 장승과 솟대에 마음 두며 마을을 가로지르는 개울가를 따라 시인의 길을 찬란히 따라가 봅니다.

그 길에서 만났을 수많은 꽃이, 바람이, 별이, 동무들이 그의 시의 태동이 되었겠지요.

그 과정을 거쳐 현재의 그리움을 추렴해 내는 섬세한 화법은 현재 진행형이며 미래를 지향하는 여명의 마음인 것 같아 새삼 놀라움을 금할 수 없으며, 세상에서 가장 난해한 글을 꼽으라면 시가 아닌가 싶습니다. 그중 한 분이 여명 친구라니 참 아이러니한 일입니다.

인간은 감동을 먹고 사는 유일한 존재입니다. 감동을 느낄 때 생각의 눈이 뜨이고 닫힌 마음의 문도 활짝 열립니다. 또 새로운 감성에 동화되어 많은 것을 포용할 수 있는 힘을 얻습니다. 여명의 시가 그러합니다.

영국의 3대 낭만파 시인의 한 사람인 바이런은 포도주에 대한 시 험답안지에 "물이 그 주인을 만나니 얼굴을 붉히더라"라고 썼는데 개교 이후 최고의 전설로 남아 있다고 합니다.

이렇듯 멋지게 표현된 단 한 줄의 시에서 우리는 무한 감동을 받습니다.

여명의 시를 밤늦게까지 읽으며 시인의 고뇌를 헤아려 봅니다.

우리의 인생이 늘 꽃길만 걸을 수는 없겠지만 여명이 가는 길이 꽃처럼 화사하고 무구한 미래이기를 응원하며 독자들에게 더 큰 울림으로 다가가길 간절히 기원합니다.

여명의 시 제2집 『나는 부자이옵니다』 출간을 거듭 축하드립니다.

여명의 시를 읽고,

친구 **홍병천**

자랑스러운 친구 여명!

첫 시집에 연이어 두 번째 시집 출간을 진심으로 축하합니다. 이번 시집에는 또 어떤 언어의 마술들이 있을까 한껏 기대해 봅니다.

티도 점도 없이 청명한 가을 하늘과도 같이 깨끗한 영혼의 소유자 여명! 여명의 구절구절 시구(詩句)들은 사랑, 그리움, 산과, 꽃, 물, 바람 등등 자연이 함께 어우러지고 보고 듣고 말하고 느끼는 모든 것이 혼연일체 되어 시로 승화시킵니다.

버거운 삶의 무게를 잠시 내려놓게도 하고, 고향에 대한 애잔한 옛이야기에 진한 그리움으로 마음이 평온하게 정화되기도 합니다.

때로는 살랑이는 바람에 은은한 향기를 내어 기분 좋게 취하게도 합니다.

또 마음 저변에 깔려 있는 소싯적 공허함을 허구 없이 진솔하게 표현한 시구들은 고향 친구이기에 더욱 공감이 가나 봅니다.

깊은 산속 청정 옹달샘 정화수와도 같이 맑고 투명한 여명의 시는 훌륭한 예술입니다.

겹경사가 있는 2023년은 여명의 해입니다.

1편에 이어 2편도 절찬 판매되어 베스트셀러가 되기를 간절히 기원합니다.

김정희

시인은 가슴이 따뜻한 사람입니다. 또 많은 사람을 가슴에 품고 사는 사람입니다. 그 인생길에 사랑과 이별 기쁨과 아픔이 교차합니다. 하지만 시인은 이별을 사랑으로 승화시키고 아픔도 기쁨으로 어루만져 따뜻한 시로 탄생시킵니다. 시인은 아픔도 눈물도 시로 정화할 수 있을 만큼 충분한 사랑을 받고 자란 사람처럼 보입니다.

어머니의 일생을 사랑과 눈물로 표현한 것도 그렇고 아버지에 대한 직접적인 단어는 보이지 않지만, 전체적인 시어가 따뜻함으로 미루어 볼 때 아버지의 사랑도 모자람 없이 받은 것 같습니다. 사랑을 많이 받은 시인은 가슴에 햇빛이 가득한 따뜻함을 품고 살기 때문입니다.

천국을 지향하는 시인은 가끔 이 땅에서 풀 수 없는 고민에 직면합니다. 그럴 때마다 시인은 한순간만이라도 이 땅에서 천국을 누리고 경험하고 싶어 합니다.

『나는 부자이옵니다』 시에서도 마음에서 우러나오는 세미한 시인의 음성이 들리는 듯합니다.

시인은 삶이 사랑이라 말합니다. 받은 사랑이 많은 시인은 그 사랑을 기꺼이 돌려주고 싶어 합니다. 시인은 늘 사랑을 노래하면서도 봄을 기다립니다. 마음의 짐은 해결하려고 애쓰지 말고 그냥 봄처럼 기다리는 것이라고 시인에게 말을 걸어봅니다.

시인은 사랑으로 출발해 정을 지나 사랑으로 끝맺으려 합니다. 사랑의 온정이 점점 식어가는 요즘 사랑의 정을 나눠주셔서 정말

고맙습니다. 가슴이 많이 따뜻해졌습니다.

여자는 사랑한다는 말을 더 듣기 좋아하고 남자는 존경한다는 말을 더 듣기 좋아한다고 하지요.

저도 형님을 사랑하고 존경합니다.

인천 예원제일교회 담임목사

아우 **박영철**

추천사

그러니까 강원도 작은 시골 마을에서 태어나 70년대를 보냈다면 누구나 떠오르는 기억.

가끔은 비포장도로에 책 보따리 메고 나란히 개울을 건너 주던 동네 형들, 또 장마가 끝나면 함께 모여 떠내려간 징검다리를 새로이 놓고, 또 물길이 세면 소나무 가지를 꺾어 섶다리를 놓던 추억들을 떠올린다. 형과 누나들, 이웃집 아저씨는 따뜻한 마음을 품고 자라게 하고, 정서와 생활철학을 길러내는 지금의 대안학교가 마을에 있었던 셈이다.

자라서 십 리 길을 걸어 중·고등학교를 다니던 시절. 특히 우리 마을은 공회당(지금의 마을회관)에 모여 동네 아이들을 가르치던 한길이 형과의 추억은 잊을 수 없다.

물론 나는 공부를 하기 위해 모인 것은 아니다. 밤중에라도 친구들과 놀고 싶어 핑계를 만들고 그렇게 우리는 저녁 먹고도 친구들과 어울릴 수 있는 거리를 만들었다.

그때, 나는 어른이 되어서 내 고향 농촌을 지키고 한길이 형처럼 마을의 발전을 위해 살아야겠다는 결심을 하게 되었다.

가끔 대학 시절 형을 만나면 그때의 결심을 지키겠다고 약속했다. 그리고 지금의 아내와 30년의 가족의 역사와 고스란히 고향 농촌이 내 삶의 전부가 되었다.

이렇듯 성장기 아이는 누구를 만나느냐에 따라 결정되듯 나의 청춘을 보낸 시골살이는 멋진 인생 설계였던 것이다.

그런 추억의 책장 속 한길이 형이 지금껏 살아온 영혼을 담아 시집을 냈다.

세상의 잣대에 따른 사람의 성공 여부를 벗어 버리고 활자로 사람들을 만나기 위해 용기를 냈다.

고된 노동과 거친 도시 삶을 헤쳐나가며 깨끗한 영혼이 담긴 시가 많은 사람에게 위안이 되었으면 좋겠다.

형의 시가 물질적 풍요에 목말라하는 현대인들에게, 한강을 사이에 두고 강남 강북으로 갈라지는 아파트 평수가 성공의 잣대로 쓰이는 그런 세상을 향해, 손가락질하는 시가 되었으면 좋겠다.

맑은 영혼이 세상의 보편적 가치로 가슴에 닿는 사람을 살찌게 하는 시가 되었으면 좋겠다.

형은 도시에서 나는 고향 농촌에서. 형은 노동을 통해 나는 자연과 목공을 통해, 우리는 각자 시를 짓는 시간여행자로 지금을 살고 있다.

임두혁

오랫동안,

내 안에 방치된 채로 흐르던
회색 냇물을
당신의 한줌 바람이
다시 푸른 소리를 내는
강물로 만들었네.

잃어버린 꿈과 기억들
빛 바랜 추억들
다시 떠올라

우리들의 이야기가
계속될 수 있게 한
그 바람에

존경을 담아 감사 드리며
그 바람이
그 강물이

끝없는 이야기로
흐르기를 간절히 기원합니다.

아우 최중욱

인간은 살기 위해서 본능적으로 먹고, 자고, 배설한다. 행복해지기 위해서는 무엇을 하는가? 잘 자고, 잘 입고, 맛난 음식을 먹는 것을 통해서 행복을 느끼기도 하지만 보고, 듣고, 말하고, 쓰고, 읽고, 느끼는 것을 통해서 더 많은 더 가슴 뿌듯한 진정 어린 행복을 느끼지 않을까 한다. 행복의 느낌은 오래 지속되지 않으며 잠시 왔다가 안개가 걷히듯 사라진다. 손으로 잡아둘 수만 있다면 얼마나 좋을까 그렇지 못한 것이 인간의 삶이다.

한편, 행복의 느낌 또한 지극히 개인적이다. 이른 아침 상쾌한 공기를 마시며, 혹은 오솔길을 걸으며 행복을 느끼기도 하고, 좋아하는 음악을 들으며 행복을 느끼기도 한다. 그런가 하면 추억 어린 한 편의 시를 읽는 것으로 행복을 느끼기도 한다. 시인은 시를 쓰면서 행복을 느끼지만 독자는 읽으면서 행복을 느낀다.

여명은 왜 시를 쓸까에 대해 생각해 보았다. 앉으나 서나 일할 때나 쉴 때나 언제 어디서나 그는 시만 생각한단다. 나무와 들꽃을 보며 바람의 감촉을 느끼며 밤하늘의 별과 달을 보며 그는 언제나 시를 생각한다. 심지어는 절망과 고통, 고난, 죽음까지도 그를 시 속으로 밀어 넣는다. 시를 빼면 여명은 아무것도 남지 않는다고, 시는 자신의 모든 것이라고 말한다.

인간의 희로애락과 자연, 무생물, 보이는 것과 보이지 않는 것 모두 여명에게 가면 행복과 감사의 독특한 표현으로 탄생한다.

그의 한 편 한 편의 시 속에는 사랑을 주고자 하는 열망과 나눔의 열망이 강물처럼 일렁인다. 때로는 고독과 슬픔이 넘쳐나 눈물 짓게 하고, 어린 시절의 추억으로 데려가기도 하고, 세상사에 찌든

추천사

나의 마음을 쓰다듬어 주기도 한다.

여명은 시를 그냥 쓰는 것 같다. 시를 쓰면 행복하니까. 행복한 마음과 감사하는 마음으로 시를 쓰니 읽는 사람이 행복할 수밖에 없는 것 같다. 여명은 정이 너무 많아 타인의 작은 슬픔에도 눈시울을 적신다. 그의 눈물을 나는 많이 보았다.

그의 「시(詩)」라는 시는 하늘나라로 먼저 간 친구를 위해 쓴 시다. 사무치는 그리움으로 저 먼 하늘나라로 한 편의 시를 친구를 위해 띄워 보내는 애절한 시다. 그의 시는 그리움이요, 정이요, 사랑이다.

이제 가을이 온다. 농부가 알알이 황금물결로 익어가는 벼를 바라보는 마음으로 여명의 시를 읽고 또 읽는다. 뜨거운 뙤약볕과 세찬 비바람을 온몸으로 맞으며 더 단단하게 익어가는 곡식들처럼 여명의 시는 하루하루 더 영글어 가고 있다. 그의 시를 향한 사랑은 더욱 지독해지고 그로 인해 주옥 같은 시가 한 편 한 편 탄생하고 있다. 어디까지 지독해질 수 있을까? 앞으로의 시를 향한 그의 행보가 더욱 기대된다.

다시 또 여명에게 왜 시를 쓰는지 물어보고 싶다. 시는 그에게 무엇인지도 묻고 싶다.

오늘도 나는 아무도 없는 외딴 시골길을 홀로 걷듯 그의 시를 읽는다. 나무와 바람과 꽃을 대하듯 아름다운 마음으로 붉게 물드는 저녁노을보다 물안개 피어오르는 그 강가보다 더 가슴을 물들이는 여명의 시가 세상 사람들에게 한없는 행복으로 다가갈 수 있기를 기도하면서……

이천이십삼년 팔월,

동생 **이한준**

오빠가 『바람이 바람에게』 시집을 출판한다는 얘기를 들었을 때 가슴이 메어왔습니다.

누구나 인생을 살면서 고생하지만, 특히 오빠가 더 돌아 돌아 고생한 것이 이 시집을 통해 누군가에게 위로와 사랑, 삶의 용기를 주기 위한 것이 아닐까 하는 생각이 들었기 때문입니다.

재능과 글솜씨도 좋고 똑똑한 오빠가 아버지의 부재와 장남으로서의 삶의 무게 때문에 자신의 꿈을 마음껏 펼치지 못한 것이 안타까웠습니다.

시집 『바람이 바람에게』의 시를 읽으면서 삶의 희망, 사랑, 순수함, 어떤 상황 속에서도 웃으며 인생을 꿋꿋하게 살아가는 오빠의 모습이 고스란히 전달되는 것 같아 가슴 뭉클합니다.

막내인 저에게 일찍부터 구구단과 글을 가르쳐서 대학이라는 꿈을 가질 수 있게 해주고, 교통사고 소식을 듣고 단숨에 달려와 저를 보살펴 준 오빠에게 감사의 마음을 전하며. 이 책이 다른 사람들에게도 많은 위로와 희망이 되길 바라고 기도합니다.

오빠의 시를 통해 다른 사람들의 삶도 풍성케 되길 소망하며, 좋은 열매를 맺게 해주신 하나님께 감사드립니다.

오빠의 두 번째 시집 『나는 부자이옵니다』도 많이 사랑해 주세요!

막내동생 **이성옥**

추천사

참 당신이란 사람은 도무지 알 수 없는 구석이 있습니다.
어쩜 그리 정이 철철 넘치는지요.
나의 그리움의 시(詩) 또한 그런 당신을 향해 밤낮 달려가고 있습니다.
나는 그런 당신이 너무 고맙습니다.

나의 시가 매일 당신에게로 가야 하는 분명한 이유가 생겼습니다.
당신의 사랑이 나의 시를 좌지우지하는 엄청난 영향력을 행사하는 까닭입니다.

이 세상 독불장군이 설 자리가 없듯이 어찌 보면 세상사 만사는 혼자 이루는 일은 하나도 없습니다.
시 한 편도 대자연과 우주 그 안에 사는 모든 생명이 함께 쓰는 것입니다.

여명의 시 제1집 『바람이 바람에게』를 읽고 사랑해 주신 독자 여러분 모두의 덕분입니다. 다시 한번 가슴으로 감사드립니다.

여명의 시 제2집은 엄마 아빠가 아들과 며늘아기에게 주는 작은 선물이자 결혼식 답례품입니다.

부디 이 작은 선물이 앞날을 훤히 밝히는 귀한 희망의 선물이 되길 간절히 소망합니다.

그리고 늘 사랑합니다.

머리말

바람의 노래

짝사랑

이 세상에서
가장 아름다운 꽃에게는
눈이 없습니다.

나는 보는데
저 꽃은
영영 나를 못 보니까요.

2023. 4. 2.

　　　　　제1장 바람의 노래

고전(古典) 읽기 2

님과의 아름다운 작별이
하세월인데

어찌 그리 매정히
함흥차사(咸興差使)시더니

우리 인연은
여기까지라고

달 위에 집을 짓고
내려다보고

우리 사랑도
여기까지라고

그래도 그리워
나는 올려다보고

2023. 4. 13.

삶

저 구름 하나
어디쯤에 소멸하는가.

가끔
바람이 세월이
구름 따라 가보라 하네.

삶의
희로애락애오욕(喜怒哀樂愛惡慾)이 완전 소멸하는 곳
남은 그리움의 티끌마저
소멸하는 곳

비우고 버리고
다 비우고 버리다가
구름을 따라 가보라 하네.

가다가 가다가
지금의 나는 없고
태초의 내가

저토록 아름다운 인정의 꽃밭에서
사랑만 사랑만 데리고
돌아오는 날은

세상의 모든 꽃들이 기뻐서
저마다 춤추고
웃고 있을 것이다.

2023. 4. 14.

탄금지교(彈琴之交) 2

이 생애(生涯)
딱 한 번
천운으로 왔다 간

공(公)이 떠난 후
그 빈자리
오래도록 잊지 못해

날마다공이 앉은 자리마다 앉아 보고
함께 걷던 길을 헤매다
외로이 돌아오는 밤은
마음 온통
그리움에 멍이 들었네.

공(公)은 없고
공의 거문고 소리만 따라와
달빛 젖어
또 한 밤을 꼬박 지새우다
세상의 아침을 모두 지우네.

공은
가진 것 없으나
천하의 만석꾼도 베풀지 못한
사랑을
인정(人情)의 밭에 고루 뿌리고
정 하나
나의 심장에 심어 놓았네.

오늘도
그날처럼 비가 나리고
저 빗줄기
땅 위에 부딪히는 순간마다
공의 거문고 소리
구슬피 타고 노는데……

2023. 4. 17.

나는 부자이옵니다

오늘

세상의 모든 아름다운 말을
가슴에 모아

세끼 밥 먹듯
범사에 감사하자.

그리고
또

세상에서 가장 따뜻한 말을
마음에 모아
사랑하자.

오늘 숨 쉬듯
쉬지 말고 기도하자.

세상의 모든 이룸은
다 간절함의 소산

그 간절함은

날마다 분초(分秒)도 끝도 없다.

2023. 4. 20.

그 여자의 기도

한 사람을 위해
날마다

한 영혼을 위해
언제나

그 여자는
오늘도

세상의 모든
아름다운 생명을 위해

간절히
기도합니다.

그 여자의
간절한 기도는

종종
천상(天上)의 시어로
나에게 달려옵니다.

2023. 4. 25.

그림자 사랑

저 햇빛이 지금 주는
저 달빛이 방금 주는

아름다운 그림자 하나
사랑하자.

그리고 가끔
바람에 비틀거리는
내 그림자도

더없이
사랑하자.

또 우리 늦은 밤
돌아가 한 몸 되어 누울 때

내 몸 꼭 닮은
그 그림자도 사랑하자.

어차피 우리
오늘 밤도
사랑하다 잠들 테니까.

2023. 4. 26.

나는 부자이옵니다

제1장 바람의 노래

길

1
사랑이 낸 길 위로
해마다 꽃이 피고
낙엽이 구르고
천상의 눈이 나립니다.

산다는 건 어쩜
잊음도 잊힘도 아닌
그리움의 끝없는 공간

그 길을 밟고
다정한 사람처럼
그리움이 걸어옵니다.

2
그리움이 낸 길 위로
해가 뜨고
구름의 그림자가 지나고
아픈 기억을 지우는
비가 오고
총총 별이 빛납니다.

소복소복 추억이 나려
쌓이고 또
예쁜 생각들이 찾아옵니다.

산다는 건
영원하지 않아
더 아름다운 오늘

더욱더 그리워하라고
꽃을 좋아하는 마음이
바람에 이는
잎새의 일기를 날마다 쓰고

다시 오지 않아
더욱 소중한 지금

더욱더 사랑하자고
나는
그대에게
사랑이 낸 길 위에서
한 편의 편지를 띄웁니다.

2023. 4. 27.

제1장 바람의 노래

사랑

날마다 하늘을 찾아봐도
제아무리 땅을 뒤져도

사랑이 숨은 곳을
모르겠습니다.

빛이 가는 길
빛이 갈 수 없는 곳에서

한 사람을 치열하게
그러나 아주 오래

그리워하는
그 순간이 사랑이었습니다.

2023. 4. 27.

나는 부자이옵니다

세월

잠깐
앉았다 일어났을 뿐인데

저만치
세월이 가네.

놓친 세월만큼
아아
사랑도 가네.

지금
나의 사랑의 나이는
몇 살일까.

그 나이 하나까지
저 세월이 채어 간다.

그러나 그러나

세상에
너무 늦은 것은
어디에도 없다고

어서

죽도록
죽도록

사랑하라고.

2023. 4. 28.

시 (詩)

영원히 풀 수 없는
무한의 수수께끼
내게 주신

예쁜 님
내 가슴 안의 사랑

시의 알라님
어서 오소서.

눈에 넣어도
아프지 않은

대자대비(大慈大悲)의 님
내 마음 안의 사랑

시의 부처님
지금 오소서.

생명 하나님께 드려도
늘 모자란 사랑

아름다운 시의 하나님
날마다 오소서.

2023. 4. 28.

나는 부자이옵니다

너

너는
한순간

나의 가장 뜨거운 숨결이었다.

숨과 숨이 멎고
가슴과 가슴이

처음이자 마지막으로
마음껏 마신
사람의 향기였다.

그러나

사랑이 준
가장 큰 형벌은

이별이 그 이별이 낸
상처도 아닌

아주 오래도록 남아
가슴이 기억하는
이름

그리움이었다.

2023. 4. 29.

나는 부자이옵니다

행복

그대
진정 행복하고 싶은가.

그러면
그대가

먼저 주고
먼저 웃고
먼저 사랑하라.

아주 작은 일도
기꺼이 칭찬하라.

지금 기도하고
지금 감사하고
지금 친절하라.

삶의 위로가 되고
기쁨이 되라.

그리고
아주 작은 일에도
진심을 다하라.

그러면
행복은 저절로 온다.

2023. 4. 30.

사랑은

사랑은

나의 그 사람이
가는 길을
지금 함께 가는 것이다.

그 사람의 하루를
기쁘게 하는 일이고
그것이 나의 전부여야 한다.

사랑은

생각이 잠드는 순간까지
그 사람을 위한
나의 간절한 기도이며

십자가 아래서
매일 뛰는 심장이어야 한다.

그 사람의 가슴 안에
예쁜 집을 짓고

사철 행복을 노래하는
아름다운 일생이어야 한다.

2023. 5. 4.

제1장 바람의 노래

사랑에게

어느 날 예고 없이

가슴속으로 불쑥 쳐들어온
사랑에게

속수무책 당하며
백전백패(百戰百敗)

그 아름다운 사랑 앞에
나는 너무 행복하여

백기를 들고
날마다 투항하였다.

2023. 5. 4.

시(詩)와 그림자와 나

詩와 그림자와 나는
동시대를 사는
최고의 인연

일상의 모든 일을
함께 하고
함께 웃고
함께 운다.

사랑은 행복을 부르는
신기한 주문
감사는 행운을 부르는
기적의 마법

사랑아 사랑아
주문을 외자.

계절마다 자연이 주는
호기심과 설렘을 잃는 순간

우리는 늙어간다.

나이 들수록
마음의 나이가 더 푸르도록
열정과 꿈을 잃지 말자.

사랑아 사랑아
날마다
마법 같은 주문을 외자.
주문을 걸자.

그리하여
시와 그림자와 나는
서로 간절한 하나의 운명
함께 살다
함께 가는
아름다운 동반자

2023. 4. 7.

나는 부자이옵니다

바람의 노래

바람을 따라가다
바람의 숲에
혼자 남았네.

숲은
사람의 언어가 아닌
바람이 창조한 신의 언어로
노래하고 춤추고 있었네.

아주 오래
가슴이 뛰고 마음이 설레는
바람의 노래를
다정다감(多情多感) 부르고 있었네.

일 년의 하루는
과거도 미래도 아닌
언제나 오늘이라고

그 오늘 하루를
얼마나 부끄럼 없이
얼마나 마음 비우며 티 없이
살았는지
돌아보라고
숲은
다감다정(多感多情) 물으며
바람의 노래를 들려주었네.

내가 비운 밥그릇 수만큼
타인을 사랑하였는지
그만큼 간절히 기도하며 살았는지
한번 돌아보라고
숲은 또
바람의 노래를 들려주었네.

그리고 잠깐 잠이 든 사이
아침이 왔네.

2023. 5. 8.

나는 부자이옵니다

어머니

어머니

당신은
나의 최초의 사랑이자
마지막 눈물입니다.

당신을 생각하면
너무나 아련하여
이 세상에서 가장 슬픈
그러나
아름다운 눈물을 나는 가졌습니다.

이 세상에 와

내 작은 입술이
처음 닿은 곳이

모국어를 처음 들려준 이도
그 모국어로

첫 단어를 말하게 한 이도
바로 당신
어머니입니다.

나 이 세상에 와

처음 본 것도
어머니의 눈동자입니다.

어머니

당신은 나의
최초의 스승이자
마지막 신입니다.

어머니 하고
불러볼 때마다
자꾸 내 어린 가슴이 웁니다.

2023. 5. 9.

나는 부자이옵니다

말씀의 철학

세상에서 가장 듣기 좋은 말

감사합니다
고맙습니다
그리고 사랑합니다.

그 말을
내가 먼저 하는 것입니다.

세상에서 아무리 들어도 좋은 말

덕분입니다
응원합니다
그리고 반갑습니다.

웃으며 인사하는

그 말도
내가 먼저 하는 것입니다.

2023. 5. 10.

6월의 시(詩)

가끔
잠에서 깨어
제일 먼저 떠오르는 사람이
나였으면 좋겠습니다.

길을 걷다
문득
생각나는 사람이
나였으면 좋겠습니다.

홀로 무릎 꿇고 기도할 때
어쩌다 불현듯
나의 이름이
나왔으면 좋겠습니다.

잠깐 사랑했어도
한평생 그리움이 되어
마지막 순간까지 함께 사는
사람이

제1장 바람의 노래

또 나였으면 좋겠습니다.

나의 시 또한
그런 사랑받는 시였으면 좋겠습니다.

2023. 5. 11.

나는 부자이옵니다

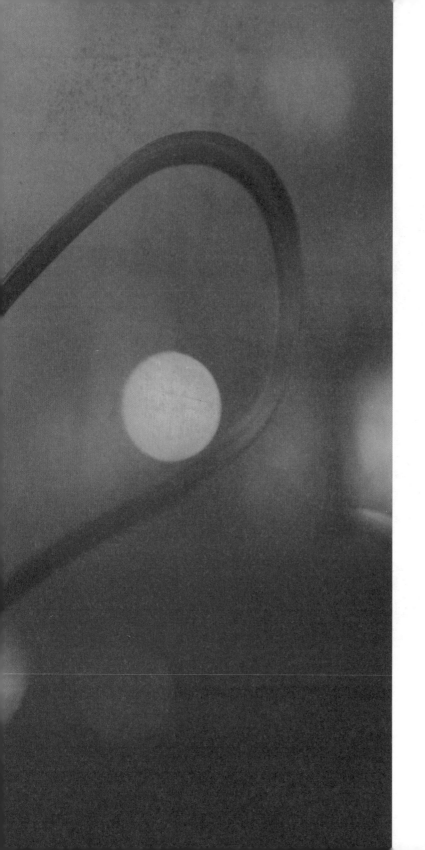

사랑의 빛

제2장 사랑의 빛

실종신고

집 나간 시를 찾습니다.

생각의 집 전단지 한 장
허공중 점이 되어
끝내 사라지다.

실종신고를 낸들
딱히
돌아올 답이 없을
시를 찾아서

날마다 행복한
사랑의 길을 헤매다.

그러나
언젠가 꼭 돌아올

오늘도
집 나간 시를 찾습니다.

2023. 5. 12.

하루

아침마다 보내신

정다운 안부는
오늘의 기쁨입니다.

다정한 인사는
오늘의 행복입니다.

그리고
반가운 소식은
오늘의 사랑입니다.

하여
우리는

날마다 행복하여
너무나 사랑하여

하루 종일 웃습니다.

2023. 5. 14.

제2장 사랑의 빛

섬

섬 하나 가지고 사네.

이렇게 맑은 날은
아무리 찾아도 볼 수 없는

그러나 오늘처럼
흐리고 비 오는 날
더욱 또렷이 보이는

나 섬 하나 가지고 사네.

금세
추억의 새가 날아오르고

인생의 뒤안길에서
이제 막 돌아온
그리운 동무들이 소풍 나와
재잘거리는 곳

어느새
너는 예쁜 소녀
나는 아름다운 소년이 되는

고독한 섬 하나
나 가지고 사네.

2023. 5. 18.

늘

오늘

바람의 그물에
나는 걸려도
내 마음은 걸리지 말자.

지금

사랑의 그물에
나는 걸려도
내 가슴은 걸리지 말자.

금방

기도의 그물에
나는 걸려도
내 심장은 걸리지 말자.

또 살다가

　　　　　　제2장 사랑의 빛

하늘의 그물에
나는 걸려도
내 신앙은 걸리지 말자.

어쩌다 또

사람의 그물에
나는 걸려도
내 詩는 걸리지 말자.

2023. 5. 19.

나는 부자이옵니다

제2장 사랑의 빛

기적 그 단상(斷想)

누가 기적이 없다 말하옵니까.

산다는 것은
순간순간
매 순간이 기적이옵니다.

살다가 살다가
우리가
이 세상에 처음 온 순간처럼
다시 티 없는 영혼이 되어
돌아가는 것이
또 기적이옵니다.

산다는 것은
지금 이 순간이 기적이옵니다.

그리고
날마다 축복이옵니다.

2023. 5. 19.

사랑의 빛

나 이 세상에 와
가장 큰 빚은
사랑에게 진 빚입니다.

살아갈수록
늘어만 가는 사랑의 빚이
또
오늘도 쌓여갑니다.

분초(分秒)는 돌고 돌고
세월이
세월은 잘도 가는데

더욱 사랑해야겠습니다.

그러나
갚아도 갚아도
도저히 감당할 수 없는
이생의 빚을 어이합니까.

더욱더 사랑해야겠습니다.

나의 사랑이여
나의 하늘이여

여태 지은

사랑한 빚은
제발 사하소서.

2023. 5. 24.

정 (情)

정은
가슴이 꿈꾸는
세상에서 가장 아름다운 함성

땅으로 물이 스미듯
공기를 마시듯
너는 내 안에 자유로이 들어와
사철 시들지 않는 꽃으로
피어 있다.

나는 저 고요의 가슴에
오랜 사랑으로
쉼 없이 내려앉는
한 마리 나비의 푸른 동경

우리의 인연은
하늘의 뜻일까.

이 땅과 하늘이 그린

풍경을 따라
너의 꽃은
간절한 기도처럼 다가와
날마다 피어

난
어느새
꽃 물들고 정이 들었다.

나는 부자이옵니다

술래야

넌
지금 자유롭니?
난 여태
시시콜콜한 미련의 틀 안에
갇혀 있어
잡았다 놓친 새처럼
쏜살같이 세월이 가는데
그날
내게 말했지
미움이 없는 이별은
다 아름다운 것이라고
땅에 부딪히는 소나기의 반짝반짝 튀는 물방울처럼
그렇게 많은
그리움 또한 없는 것이라고
돌아보니 하세월인데
어쩌다 넌
저 세월에게 미끼 하나 던져놓고
어디로 간 거니
어느 하늘 아래

제2장 사랑의 빛

꼭꼭 숨은 거니?

2023. 5. 30.

나는 부자이옵니다

그의 노래

천상의 노래인가 신선의 춤인가

1
장사익
그의 노래는
그만의 것이 아니다.
한민족 대한의 것이다.

신이 빚은
청아한 영혼의 그의 노래는
말로 표현할 수 없을 만큼
글로 설명할 수 없을 만큼

눈과 귀로 들어와
가슴의 문을
이내 열고
혼(魂)과 백(魄)을 넘나들며
우리의 가슴을 조이다
찰나에 적시며
격한 감동으로 휘몰아친다.

제2장 사랑의 빛

2
그의 두루마기 춤사위는
한 마리 학의 춤이고
옛 조선의 춤이며
지금
우리의 정서를 죄다 아우르는
한의 승화(昇華)
최고의 자유로움
바람의 춤이다.

평생 농부의 아들로
빠글빠글한 잔주름이 수놓은
그의 얼굴은
내 백부(伯父)님의 자애한 얼굴에 닿아 옮고
자연을 빼닮아 더 아름다운
생의 훈장 같은
바로 그 얼굴이다.

그는 우리에게
천년의 꿈을 꾸게 한다.

2023. 6. 3.

꽃의 사랑

한 사람을 간절히 사랑하는
그 순간에
한 사람을 날마다 그리워하는
그 영원에

세상의 모든 꽃들이
한꺼번에 피어
사랑의 정중앙에 꽂혔다
이내
가슴에 명중했다.

그날
난 네가 너무 좋아
잠 못 이루고
조용히 잠든 너를
하염없이 바라보는데

하늘도 너무 기뻐
교당(教堂)의 붉은 십자가 위로
비가 나렸다.

2023. 6. 3.

깨달음과 그물

세상의 모든 깨달음은
앞에 없고
바로 뒤에 있어
돌아보는 이만 알 수 있다네.

한순간에 쌓이는 공덕은
어디에도 없듯
시비의 틀에서 언제나 자유로워야

그리고
상대의 입장에서 나를 바로 볼 때
비로소 보이는 아름다움
그것이 깨달음 아닌가.

삶의 그물에 걸리지 않도록
순간의 미움도 원망도
찰나의 욕심까지
조금조금 내려놓고
이해할 수 없다는

그 생각까지 다 버리고
나보다
그 사람을 위해 기도하고
감사하며
우리 그리 사세.

계곡의 물이
아래로 아래로 흘러 바다로 가듯
늘 겸손한 마음으로
애증의 틀도 부수고 비워
바다처럼
하늘처럼 두루 다 품고

구름의 길
바람의 도(道)를 서로 깨치며
우리 날마다 사랑하며
그리 사세나.

2023. 6. 6.

제2장 사랑의 빛

벗들에게

머리에서 발끝까지 빛나는 하루였습니다.

모두
벗들의 덕분입니다.

마음에서 가슴까지 행복한 오늘이었습니다.

이 또한
아름다운 벗들의 덕분입니다.

너무 고맙습니다.
그리고 사랑합니다.
이 말이 절로 나옵니다.

죽는 날까지
날마다 잊지 않고

생명처럼 아끼며
그리 사랑하겠습니다.

2023. 6. 11.

나는 부자이옵니다

말줄임표

……하도 감사하여
눈을 뜨면
길을 가다
……너무 감사하여
버스를 타도
일하는 순간에도
……또 감사하여
퇴근하면서
밥 먹다가도 절로
……너무 감사합니다.
잠들기 전에도
꿈속에서도
……정말 감사합니다.

2023. 6. 14.

** 말줄임표에 어떤 말이 생략되었을까요.
정답은 다음 장에.
다음 장 당신이 생각한 말은 모두 정답입니다!

나는 부자이옵니다

사랑 도둑

당신은
이 세상에서
가장 아름다운 사랑 부자
나는 그 사랑을 훔치는
세기(世紀)의 도둑
아무리 훔치고 훔쳐도
늘 채워지는
내 사랑의 화수분

2023. 2. 1.

제2장 사랑의 빛

꽃의 인사

7월은

그대에게
꽃의 얼굴로 웃는다.

날마다
꿈의 속살거림에 깨어
꽃의 몸짓
꽃의 언어로 사랑한
바람의 노래로
다정히 안부를 묻는다.

7월의 이 아침
하도 반가워

늘 고맙고
아름다운 그대에게
꽃의 목례로 인사한다.

2023. 7. 2.

감사

오늘

시집 한 권을 읽고
찰나에
시 한 편 쓰고

밤새워

소설 한 권을 읽고
짜릿한
詩 한 편 썼다면

얼마나 감사한 일인가

세상사
모든 감사는
감사에 감사에 꼬리를 물고

연이어

행복을 가져다주고
끊임없이 행운을 부른다

이 얼마나 놀라운 일인가

행복하고 싶으면
감사하라

감사의 끝에
행운이
주렁주렁 매달려 있으니

2023. 7. 4.

나는 부자이옵니다 99

사랑의 공전(公轉)

한 사람이 만드는
사랑의 그림자는 다 그리움이다.
그 그림자는
지구의 공전을 따라
앞으로 가고
옆으로 뒤로도 잘도 가네.
그리움이 그래
계절이 바뀌는 줄도 모르고
일 년 내내
한 사람을 중심으로 마냥 돌아.

2023. 7. 7.

7월의 기도

하늘을 우러러
날마다 넘치는
감사의 날이 되게 하소서.

어떤 고난과 슬픔이 와도
다 지나가리라
감정의 휘둘림 없이
의연하게 하시며

한 사람을
목숨보다 더 사랑하여
사랑을 알게 하시고
늘 사랑의 소중함을
가슴 한아름 품고
한평생 살다 가게 하소서.

날마다 기쁨으로
겸손히 비우고 베풀어
가진 것이 가벼운 삶이게 하시며

나는 부자이옵니다   101

말보다 행동이 앞서
주는 것이 행복임을
스스로 자랑스럽게 하소서.

오늘이
날마다 아름다운
간절한 기도이게 하소서.

2023. 7. 9.

제2장 사랑의 빛

사랑 통신

여기는
여기는
사랑의 응급실

답하라 오버

한 남자가
사랑에 취해
사과나무에 기댄 채 졸고 있음
어서 출동 바람

알았다 오버

그 사이

수많은 나무 중
그 남자의 뜨거운 체온에 덴
한 나무의 능금만이
붉게 익어갑니다.

2023. 7. 12.

당신의 부재(不在)

우산 셋이 나란히
비를 맞고

집에
가는 길

정다운 말들이
빗속을 뚫고
집으로 집으로 돌아오는
아름다운 밤

정이 그리워
정(情) 그립다

그리움이 혼자
마중 나와

사랑 그림자 외로이
비에 젖네요.

2023. 7. 17.

나는 부자이옵니다

제3장

날
마
다

기
적

제3장 날마다 기적

시 (詩)

생각의 번뇌가
거짓말처럼 걷히자

물밀듯이
행복이 찾아오고
쓰다만 시에서 향기가 났다.

언제나
시의 얼굴로 웃으며
걸어오는 한 사람 있어

수없이 아름다운 기도가
잠을 깨우며
사랑이 춤추는 밤

천리 밖 꿈이
어느새 익어
만월(滿月)이네.

2023. 7. 20.

기도

하늘이 주는
모든 것을
감사하게 하시며

땅이 주는
모든 것도
감사하게 하소서.

그리고

인연이 주는
모든 것에
감사하게 하소서.

하늘의 뜻을
알게 하시며
땅의 고마움을 알고
귀한 인연이 주는 사랑을
기억하게 하소서.

이 세상에
오는 길은 몰랐지만
가는 길은 알게 하시고

이 영혼이
희다 못해
바람보다 투명하여
어느 곳을 가든
거침이 없게 하소서.

사랑은
하늘을 닮고

마음은
바다를 닮아

이 땅을 걷는 자의
축복이게 하소서.

2023. 7. 23.

나는 부자이옵니다

너

별이 뜨고
별이 지는

아주 먼 공간에
너는
꽃처럼 살지만

동지섣달 보름달
별보다
더 빛나는 그리움

너는 그래
사시사철
시(詩)로 오는 아름다운 사람이다.

아직도 못 잊어
못내 그리운

이 붉은
단심(丹心)은

2023. 7. 26.

나는 부자이옵니다　　　　　　　113

삶의 노래

짝을 찾는
봄 새의 울음 같은
간절한 기다림의 끝에 오는 환희
그 순간처럼 아름다운
인연 하나 가졌노라.

후회 없이
꿈을 꾸고 꿈을 먹고 크는
저마다의 한세상
나 태어나
눈물 핑 도는
사랑 하나 가졌노라.

그러다
바람에 흔들리는 초록의 자유로움
그 설렘 또한 가졌노라.

나를 알면
스스로 높이고 낮추는 법을 알고

언제나 줄 것이 많아
행복한 마음 부자

날마다 저절로
누군가의 희망이 되고
고개 숙여
하늘에 감사드리는
기도 역시 가졌노라.

2023. 7. 26.

나는 부자이옵니다

꽃 같은 사랑

당신은
날마다

꽃의 미소

세상이 다 잠든
그믐밤
온 세상을 하얗게 밝힌
백목련 같은 사랑

생의 첫날
달맞이꽃 기도

삼복(三伏) 중에
은은한
깨꽃향이 나는
당신은

꽃보다 아름다워

생의 진종일

은총의 사랑 사태

2023. 7. 28.

나를 어이합니까

우리는
함께

하늘로
바다로
육지로 가는 인생열차를 타고

날마다
고마움이 늘어만 가는
짧고 긴긴 사랑을 합니다.

생명이 살고
바람이 부는 곳

시(詩)는
늘 쓸쓸한 아름다움.

오늘도
해가 뜨고

　　　　　　제3장　날마다 기적

노을이 지는 곳에
지친 그리움이 달려와
반가이 웃는데

그대를 생각함이
매일
하늘처럼 넓고

바다처럼 깊어만 가는
나를 어이합니까.

그대가 좋아하는 일을 찾지 못해
안절부절못하는
지금의 나를
또 어이합니까.

찰나에
바람이 오고
가는 세월이 보이는데…….

2023. 8. 2

나는 부자이옵니다

작은 기적

동이 막 트고
서쪽 하늘

하얀 낮달이
둥근 보름달로 뜬 아침

눈 부신 빛과
순정(純情)의 얼굴이 마주 보는

아주 짧은
시간

그리움이 언제 와
저리 사랑으로 걸린 걸까

어제의 모든 사랑이
흰색 그리움이 되는

이 작은
기적의 순간

행복하여라
행복하여라

2023. 8. 3.

나는 부자이옵니다

시(詩)의 예절

시는
세상의 모든 겸손과
온갖 예의를 갖추어
그대와 나
우리에게 사랑이어야 한다.

해와 달이 뜨듯
자연스러운
무심결의 기도이고
바람에게 다정히 안부를 묻는
잎새의 인사여야 한다.

그리하여 시는
나를 위한 간절함이 아니라
누군가를 위한
지순(至純)한 간절함이어야 한다.

결국 시는
생명의 아름다움 위에

마지막 한 사람의 행복까지
공손히 올려놓고

아주 가끔은
우리가 사람처럼 살지 말고
별의 삶
꽃의 일생도 배우며
인간다움 서로서로 주며
함께 사는 것이다.

2023. 8. 5.

나는 부자이옵니다

그리움의 길

바람으로 와
바람으로 가서

영영 하세월이 된
한 사람

아무리 기다려도
끝끝내 오지 않아야
그리움이다.

아주아주 먼 곳을 하염없이
빠짐없이 바라보다
돌아서는 숨바꼭질

아예 그리움의 길은
없는 것일까.

8월의 달리아
다 익어 터져도

밤 그리워
박꽃이 피고 지는 간절함이야
뉘라 모를까마는

언제나
꽃의 얼굴보다 아름다운
사랑의 이름이
그리움이다.

너와 나는
단지

바람에 이는
잎새의 춤을 보고

빗속을 밟고 오는
그리움의 소리만
평생 들을 뿐이다.

2023. 8. 10.

나는 부자이옵니다

날마다 기적

나는 새처럼
잡을 수 없는 기도

그 안에
당신은 오늘도 살고

지금은
행복을 붙잡고 입 맞출 시간

꽃다발 같은 사랑
입에 물고 온

당신이
날마다 기적입니다.

2023. 8. 14.

　　　　　　제3장 날마다 기적

사랑의 순애보(殉愛譜)

사랑아 우리
달맞이꽃 달을 보듯
그리 살자.

해바라기가 해를 향해
가듯이

꽃이 부르지 않아도
벌 나비 절로 찾아오듯
우리는
그리 살자.

인생은
귀한 만남과 따뜻한 작별이 공존하는 아름다운 한
세상
거기에도
늘 바람은 분다.

그러나
우리

달빛 따라
구름 뒤에 숨는 별 하나도
아낌없이 사랑하며
바람이 불면 이내 답하는 풀꽃 같은 사랑의 순애보
날마다 쓰자.

한 사람을 목숨보다 사랑하는 일이
만 사람을 두루 사랑하는 일보다 더 어렵겠지만

이 사랑의 무게가
지금
우리의 자화상

사랑하고 싶어 미치겠다.

2023. 8. 17.

나는 부자이옵니다

제3장 날마다 기적

사랑의 마침표

인생길에
너무 그리운 사람 하나

아주 어린 사랑이
찾아와

진종일
작은 가슴을 쪼아대는데

아 그대여
나는

아직 사랑의 마침표를
찍지 못했네.

2023. 8. 18.

2023년의 사랑

줄까 말까
할까 말까

보낼까 말까
전화 걸까 말까는

너무 늦은 생각이니
그대는
정각(正刻)을 놓치지
말라.

후회 없도록
바로 주고
바로 하라.

지금 보내고
지금 전화 걸라.

그대의 마음 곳간에

차고 넘치는 소중한
것까지
아무나
아무 때나 아낌없이
밤낮 주라.

주면 줄수록
넘치고 채워지는
인간이 가진 최고의 보물

바로 그것은
사랑이다.

2023. 8. 18.

창 (窓)

나의 꿈은 한 나무와
접속합니다.
그 나무는 수많은 나무와
접속합니다.

나의 청춘은 별 하나와
접속합니다.
그 별 하나도 또 수많은
별과 접속합니다.

흔들리며 반짝이며
나무로 사는 것도
별 하나로 사는 것도
아름다운 삶입니다.

삼라만상(森羅萬象)이
비치는 아주 조그만
마음의 창을 내고

살아있는 시어(詩語)를
찾아서
때론 외로이

나의 사랑은 또 한
시인과 접속합니다.
그 시인은 다시 수많은
시인과 접속합니다.

그러나 간절히
저 세월도 닫지 못하는
창가에
오늘도 서 있습니다.

2023. 8. 19.

나는 부자이옵니다

제3장 날마다 기적

시분초(時分秒)

제아무리 세월이 빨리
가도
당신은
나의 행복한
시분초

나의 삶
일 년 삼백육십오 일
날마다
당신이

사랑시(時) 사랑분(分)
사랑초(秒)의

주인공

2023. 8. 21.

바람이 바람에게

만약에 내가
저 우주의 끝과 땅끝을
알고
그 중심에 서서

가장 하고 싶은 말이
예전에는
'사랑합니다'가 가장 큰
말인 줄 알았는데
당신 곁 바람결의 인연이
세상에서 가장 가난한
옷을 입고
'고맙습니다'라고

자꾸 나의 생각을 지우며
저만치서
웃고 오네요.

2023. 8. 22.

나는 부자이옵니다

2월의 꿈

이제
2월은
더 이상
겨울도 봄도
아니라네.

짧은 추억
긴 이별
당신의 기억도
가물가물한

아마
2월의 마지막 날 밤
아니었을까.

교회당 위 십자가
장미처럼 붉은데

그날
누구의 사랑이
먼저 비에 젖었는가.

2월의 마지막 밤
비가 나리고

예쁜 사랑이 먼저 와
인생을 쓰고
착한 이별이 돌아와
참회를 쓰는
푸른 영혼들아!

아 다시 꾸는
찬란한 2월의 꿈.

2023. 8. 23.

나는 부자이옵니다

밤낚시

밤새워

수심(水深)도
세간 수심(愁心)도
가는 세월도 낚지 못하고

나를 스치운
인연의 그리움만 낚는
올 마지막 밤낚시

하늘도
땅도 사람도
가장 깊이 잠든
고요의 사무사(思無邪)

병든 낙엽 하나 떨어지는
소리가
온 세상을 깨우는
너와 나의

영혼이 하나로 만나는
지금은 여명의 시간

잠깐 조는 꿈결에
아 꿈같이 외운 시는
그 흔적조차 쓸쓸히
사라져
낚시를 접고
돌아가는 아침
가을비는 뭐라
속살거리는데

누구의 사랑이 이리 바삐
산으로 달려와
나뭇잎마다 붉은 옷
입히는가

2023. 8. 28.

나는 부자이옵니다

연(鳶)

자유로운
바람이 되게

누가
나의 연줄을 끊어다오.

매듭 없이 감은 얼레의
마지막 줄까지
무심결에 놓아다오.

산다는 건
늘 기적

어쩌다
잊은 이름과
잊을 수 없는 얼굴 그 사이의
아픈 시간

하나

눈물처럼 진실한 이 지독한 기도와
그리움까지 못내

자유로이
바람이 되게

누가
나의 인연을 끊어다오.

그리하여
대자연의 주인
바람이 되게 하라.

2023. 8. 31.

정(情)

저 하늘의 끝이
수직으로 내려와

이 땅의 끝과
수평으로 만나

한 점
사랑이 된다.

생각의 끝이
순간 수직으로 내려와

가슴의 끝에서
수평으로 만나

너와
나는

순식간에

한 점으로

정이 든다.

나는 부자이옵니다

제4장

초승달이 쓰는 시 詩

제4장 초승달이 쓰는 시(詩)

나는 부자이옵니다

세상에 둘도 없는
나는
제일 부자이옵니다.

시(詩)만 쓸 줄 아는
가진 것이 시밖에 없는
그러나
세상에 하나뿐인 수많은 시를
가진

나는
천하의 부자이옵니다.

오늘도 룰루랄라
시어(詩語) 주시는 신께
감사드리는
아주 작은 시들이

행복이 샘솟듯

사랑의 순애보
고독의 기쁨을 노래하는

나는
시의 부자이옵니다.

마음 온통 영근 꽃을 따
님께 보내는 순간
이리 가슴 뛰는
터질 것 같은 시상(詩想)의 절정

하늘이 낸
사랑이 낳은 시 한 편
감동의 집에서 막 걸어 나와
저세상을 향해 웃사옵니다.

시를 쓰다 가라는 사명대로
날마다
님이 삼라만상(森羅萬象)이
나의 시의 아름다운 주인공
나는 스치는 바람 같은 조연

기도에서 기도로
감사에서 감사로
사랑에서 사랑으로 끝나는 나의
시는
시의 천국에서 행복하옵니다.

나는
천명(天命)대로
시의 부자이옵니다.

2023. 9. 1.

나는 부자이옵니다

달

달은
아주 오래 쳐다보면
옛이야기 사무치는 동화를

달의 언어로
술술 풀어
간절한 기도로 쓴다.

온 세상
한 사람 한 사람까지 모두 비춰주는
달의 시를 쓰는 푸른 밤

어느새
다정한 동무들이
그리운 기억을 데리고
동심 가득
옛사랑을 뿌리며
천사의 빛으로 쏟아진다.

달 기울면
꿈의 나라에서 온 손님이
분주히 해를 맞으러 떠나고

우리는
이제
달콤한 꿈을 꾼다.

2023. 9. 2.

제4장 초승달이 쓰는 시(詩)

성전(聖典)

태초에
이 우주의 시작과 끝이
없음을 창조하시고
세상에서
가장 행복한 웃음으로
인자(仁者)의 얼굴로
오시는 님은
대자대비(大慈大悲)의
사랑으로
우리 삶에 들어와
공손한 기도와
날마다 외는 아름다운
성전(聖典)이 되었다.

2023. 9. 6.

답

누가
내게
삶이 무엇이냐고
물으신다면
나는 기적이라
답하겠습니다.

또 누가
내게
삶이 무엇이냐고
물으신다면
나는 감사라고
답하겠습니다.

또다시
누가
삶이 무엇이냐고
물으신다면 당신이
답하라고

사랑이란 말은
남겨 놓겠습니다.

2023. 9. 7.

바람처럼

바람처럼
생(生)과 사(死)도

종종
너무 아픈 사랑까지도
그냥 지나가다 보는
꽃이면 좋겠습니다.

바람처럼
인연도

하나 아쉬움 없이
삶의 그리움까지 다 품고
가는
그냥 지나가다 보는 밤
하늘의
별이면 좋겠습니다.

바람처럼
바람처럼

산다는 건
어쩜
어제도 내일도 아닌
지금 이 순간이 기적이고
감사인 것을

바람처럼
시(詩)도

가끔은
생사(生死)를 초월한
바람의 안부를 물으며

자유로이 흔들리다
그냥 지나가다 만나는
아름다운 사유(思惟)이면 좋겠습니다.

2023. 9. 7.

초승달

네게

그리움 하나 걸어놓으면

딱일 거야

2023. 9. 11.

초승달이 쓰는 시 (詩)

그리움이 그리움을
찾아와

밤새워
사랑과 놀다 떠나는
여명(黎明)
어느새 정(情)이 와
길을 막아서는데

어디서 왔을까
별의 사랑
초승달이 시를 쓰고
있네.

아름다운 달의 윤회(輪廻)
그리움도 거기 있으니

어서어서 둥근 달
보름달이 될 테니

나는 부자이옵니다

외로워 말고
조금만 조금만
참아달라고

수많은 하늘 꽃도 총총
피어
이웃하고
명랑(明朗)의 초승달이
간절히
시를 쓰는
새벽녘

누구의 사랑이 저리
고울까.

2023. 9. 11.

나는 부자이옵니다

꽃

나는
당신의 웃음입니다.

세상에서 가장 아름다운
당신의 미소입니다.

당신에게
일 년 내내

본 것도
배운 것도
들은 것 하나 없지만

낮의 해
밤의 달
수많은 별의 일기를 읽고
저 바람의 노래
대지의 어머니에게
배운 대로

나는

지상에서 가장 아름다운
당신의 웃음입니다.

그러나
그러나

나도 당신의 미소입니다.

2023. 9. 11.

나는 부자이옵니다

솟대의 기도

바람이 불고

늘
한곳만 바라보고 서 있는
너

세월이 가도

늘
한곳만 쳐다보고 서 있는
나

2023. 9. 13.

사랑에게

삶의 곡선은

생과 사랑
그리고
위대한 사(死)의 찬미

돌아보니
하세월을
예쁘게 잘도 살았네.

그러나

아름다운 청춘의 죄
저 하늘에
씻는 나날

그래도
못내

사랑아 미안하다.

2023. 9. 14.

9월의 기도

오곡(五穀)이 익고
백과(百果)가 무르익는

이렇게 풍성한
9월에

기도하게 하소서
감사하게 하소서
사랑하게 하소서

오롯이
기도에서 기도로
감사에서 감사로
사랑에서 사랑으로
끝나는
9월이게 하소서.

잘 익은
9월의 햇살에
기도와 감사
사랑도
모두 그 햇살로 익어

날마다
따뜻한 사람이게 하소서.
뜨거운 사람이게 하소서.

그리하여
계절이 바뀌어도

하늘의 끝이 없음을
두려워하지 않는
삶의 은총
축복이게 하소서.

2023. 9. 15.

꽃 한 송이

말발굽이 밟고 지나간
자리에
허리 차인 꽃 한 송이
어이하나
저 바람에 쉼 없이
파닥이는데

온 마음 온 사랑이
온통 가슴 아리는
거기
우리 함께 사는데

비웃듯
무심한 세월이 지나가는
마도(魔道)에
비까지 내리는데

말 탄 이는
꽃의 목숨
향기마저 가져갔는가.

2023. 9. 15.

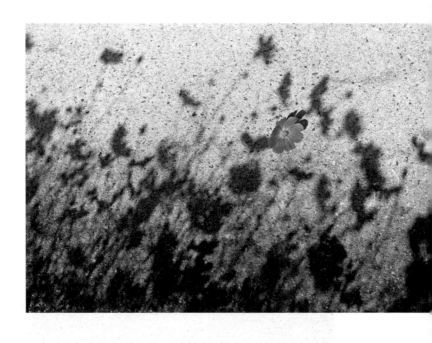

소낙비

받은 사랑만큼
주지 못하여

하나님도
가끔은

펑펑
우신다.

2023. 9. 16.

하얀 그리움

비가 와도
언제나 쓸쓸히
십자가는 저리 붉은데

나는
더 이상
세월이 필요 없어라.

너무 간절한
너의 기도
나의 기도도 필요 없어라.

나는 다만
원컨대

저 하늘의 끝이 없듯이
사는 날만큼이

너와

나의

영원한 그리움이 되길

2023. 9. 17.

눈물의 씨앗

누가 눈물의 씨앗을 보았는가.

그대가 한눈판 사이
사랑이 보았는가.
아니야

그 사랑이 낳은 이별이 보았는가.
아니야

그럼
그대가 딴맘 꾼 사이
사별(死別)이 보았을까.
아니야

그 사별이 낳은 그리움이 보았을까.
아니야
아니다

눈물의 씨앗은

나는 부자이옵니다   177

어느 한순간

그대의 인연이 주고 간 뜨거운 감사

그 감동의 눈물이다.

누가 나의 눈물의 씨앗을 보았는가.

2023.9.17.

제4장 초승달이 쓰는 시(詩)

가을의 시 (詩)

이렇게 높고 푸른 하늘이 우리에게 온
10월에는
가을의 시를 쓰자.

저 달이 추억을 꺼내보는
지금
어디쯤에 풀벌레 소리
단잠을 깨우고

나뭇잎마다 단풍 들고 낙엽 지는
하도 쓸쓸한
그리움의 시간

이 나이 되도록 자연에게 바람에게
보고
듣고
배운 대로
나는 간절히 사랑하였는가.

나는 부자이옵니다   179

사랑의 기도
쉼 없이 마음에 깔리는
10월에는
우리 가을의 시를 쓰자.

그리고

가을의 전설로 남을
무명 시인의
시 한 편
밤새워 읽자.

2023. 9. 18.

　　　　　　제4장 초승달이 쓰는 시(詩)

시 (詩)의 사랑

너무 사랑하다
가끔
이름을 잊죠.

시의 언어로
보고
듣고 말하다
그만 정이 들었죠.

그래도
당신이 자꾸
시가 뭐냐고 물으면

시를 처음 만난 곳으로
당신을 데려가

밤새워
시의 꽃 피우다
둘이 마냥 웃겠죠.

어쩜 좋아
이래나저래나
한평생 당신뿐인 것을

2023. 9. 20.

행복

십자가야
늘 거기 있는 것처럼

오는 사람도
가는 사람도

내게
모두가 사랑입니다.

어쩌다
가는 세월을
금방 놓쳤는데

그 세월을 잡으니
금세 또
행복이 줄줄이 따라옵니다.

아 이렇게
행복한 날은

저 별 하나도

십자가보다 더 빛나는 이유를.

2023. 9. 21.

제4장 초승달이 쓰는 시(詩)

사랑

갑자기 눈물이 나죠

느닷없이 보고 싶죠

하늘하늘 꿈에 오죠

자나 깨나 평생 살죠

2023. 9. 22.

나는 부자이옵니다

달의 집

달의 집에
예쁜 그리움이
옹기종기
모여 사옵니다.

주는 것을 너무 좋아해서
주야(晝夜)로
사랑에 눈먼 아름다운 사람들이
오손도손 함께 사옵니다.

오늘도
아주아주 멀리서 걸어오는
그대의 모습은
한눈의 사랑이옵니다.

날마다
그대가 달의 집에 찾아오는
첫 손님

그리하여
달의 집이
일 년 내내 빛나옵니다.

2023. 9. 26.

나는 부자이옵니다

제5장

우리 별이는

보리피리

자기 집이
빤히 내려다보이는
호젓한 산중(山中)
초가에 호올로 사는
그 사람은

사람과 살 수 없는
이무기 같은 사람이다.

동천에 막 뜨는 해처럼
선이 고왔던 얼굴마저
무도리(無道理)로 문드러진
그는

하루 종일
낮은 돌담 돌의자에
돌처럼 돌아앉아
슬프나 슬픈 보리피리 분다.

외로운 맘

하나하나 올올이 풀어
진정 혼(魂)으로 부는
순전(純全)의 피리 소리에

사람들은 저마다
멀리서 보고
얼른 돌아가는데

친구마냥
휘파람새 한 마리
총총히 덤불 속을 박차고 나와
미루나무 꼭대기로 날아와
함께 울고

애련(愛憐)의 꽃 하얗게 피운 고야나무도
그의 꿈 간절한 마음자리 위로
찬란히 꽃잎 진다.

아, 지금도
그 피리 소리 들리는 듯
내 귓전에서
이명(耳鳴)이 운다.

2010. 12. 19.

상사화(相思花)

그대와 난
본시 한 땅에 한 줄기로 자라
한 시대를
아름다이 풍미(風靡)했거늘

그대는 꽃으로
나는 잎으로

시차(時差)를 두고 어긋날 수밖에 없는
전생의 업(業)으로
일생에 단 한 번도 만나지 못하였나니

내가 꽃이 되고
그대가 잎이 될 수 없는
우리 쓰라린 운명

눈이 있어도 볼 수 없고
손이 있어도 만질 수 없는
천애(天涯)의 외로움에

한평생을 오로지
애끓는 가슴앓이로 그리워만 했나니

아, 무슨 운명의 장난처럼

그대 가면 내가 오고
내가 오면 그대 가고
동행은 아예 엄두도 못 낼
숙명(宿命) 같은 삶

그 님은
오지 마라 외면해도 오시는 님이요
가지 마라 애원해도 가시는 님이라
오늘도 아주 머언 발치에서
선홍빛 꽃으로
꿈같이 돌아서는 님이시여

사랑 사랑 사랑
그 못다 한 사랑이여
그 못 이룬 사랑이여

2011. 2. 4.

나는 부자이옵니다

낚시의 기술

무주공산(無主空山)이 병풍처럼 둘러친
생곡지(池)에 홀로 앉아 있노라면
눈이 머무는 곳마다 온통 황홀경입니다.
요정이 밤새 그린 작품인 듯
사방 천지에 눈이 부시게 아름다운 나의 사랑은
사시사철 무료 공연 중입니다.
지금은 홀로여도 행복한 시간입니다.

어쩌면 낚시의 기술도
사랑 만들기와 그만그만합니다.
나는 천생(天生)이 낚는 것보다
한없이 기다리더라도
그 사랑에 낚이고 싶어 합니다.
여태 낚시의 기술을 익히지 못하고 전전긍긍(轉轉
兢兢)하는 이유는
아직도 사랑을 후리는 솜씨가 서툴기 때문입니다.

어쩌다 한번 찌를 톡톡 건드리다
그나마 시들하니 가버리는 사랑.

사랑은 집어(集魚)되지 않고
무정하게 세월이 가는 것을 보고 있는데
어데서 꽃잎이 와서 덥석 뭅니다.
낚싯대 끝에 앉아 놀던 잠자리가 놀라서 달아납니다.
덩달아 찌까지 춤을 춥니다.

바람이 구름을 달래어 유유히 지나가는
산 너머 두멧길엔 6월에도 꽃이 집니다.
어느덧 해가 서산으로 늬엿하니
산그늘 짙게 드리웁니다.
케미라이트가 반딧불이처럼 날아가
수면 위로 사뿐히 앉습니다.
혼자 까만 어둠을 밝힙니다.
이제는 홀로여서 아름다운 밤입니다.

내가 낚지 못하니
차라리 그 사랑이 얼른 와서 거짓말처럼 물어주기를
손꼽아 기다립니다.
기다림은 조급한 나와의 소리 없는 또 다른 전쟁
입니다.
시간은 똑딱똑딱 간단(間斷) 없이 흐르고
어데서 지친 별이 가만히 다가와서 술잔을 건넵니다.

나는 부자이옵니다

또 마음을 비웁니다.

애꿎은 달빛만 물고 늘어지는 사랑.
미동 하나 없이 꼿꼿하던 찌가
갑자기 깜빡깜빡 예신(豫信)을 보냅니다.
숨을 죽입니다.
그리고 아주 천천히 느릿느릿 도깨비불같이
수면 위로 솟아오르는 찌의 향연(饗宴).
저런! 이글거리는 알몸으로 잠시 눕는가 싶더니
순간 정전(停電)입니다.

활처럼 끝없이 휘어지는 저 낚싯대를
어찌합니까?

사랑이 와서
덥석 문 것을.

(지은이 註 : 생곡지(池)는 홍천군 서석면에 실재함)

2011. 6. 14.

고목(枯木) 이야기

두물머리 가는 산책로 옆에
옆집 딸기네 허리둘레만큼 살다 간
이름 없는 고목나무 한 그루
예전에는 밤새워 밤느정이 피웠었을까.

나의 가슴 높이에서
평미레로 살짝 민 것처럼
예쁘게 잘라 놓은 타원형 몸통 위로
누가 처음
소원을 고스란히 담아
돌멩이 얹혀 놓기 시작했을까요.

멀리 산마다에 사찰(寺刹)이 숨어 있고
가까이 동네에는 교회당이 넘쳐나는데
얼마나 간구(懇求)한 사연이면
예까지 와서 소원을 빌고 갔을까요.
밤 이슥토록 연인들이 오고 가는 자리
바로 앞 작은 돌탑의 기단(基壇)은
또 누가 처음 쌓았을까요.

나는 부자이옵니다

그 님을 그토록 애태우던 기도는 무엇이었을까?
어느새 수북이 쌓여 있는 돌멩이들
진주처럼 반짝이는 알맹이들
살아서 펄떡이는 소망들.

그냥 갈까 생각하다
나도 돌멩이 하나 던져봅니다.
그러나 나의 돌멩이는
소망의 언저리서 빙그르르 맴돌이하다
떨어지고 맙니다.
아직 나의 소망은 소원이 부족한가 봅니다.
포기할까 생각하다 무심코 던진 돌멩이가
가까스로 소망들 틈에 끼어 소원이 됩니다.
나의 소원은 그 님들이 그랬듯이
돌멩이로 던져 얹혀 있는 애련(哀憐)의 소망들이
행복이란 큰 새의 품에서
기적처럼 부활하기를 간절히 비는
내가 아닌 그 님들을 위한 기도였습니다.

인간인 나의 삶을 비웃듯이
오늘 저 고목나무는 위풍당당(威風堂堂)이
죽어서도 누군가의 작은 신전(神殿)으로

자랑스레 우뚝 서 있습니다.

지금쯤은 소망이 하나둘 이루어지고 있겠지요?
흐드러지게 피는 저 밤꽃처럼.

2011. 6. 17.

매미

매미는
단 이레를 울기 위하여
온 칠 년을 땅속에서
몹시도 기다렸을 것이다.

오직 이레를
불꽃처럼 사랑하기 위하여
목청껏 울기 위하여
칠 년을 하루같이
매미는

그 깜깜한 어둠 속에서
잠시도 쉼 없이
간절하게 그러나 고독하게
속으로만 울었을 것이다.

한여름을
앞다투어 울다
작은 소리에도 일제히 그치는 매미 소리

나는 부자이옵니다

찰나에 갑자기 적막한 사위(四圍).

2011년 7월 하순
서울 강남의 매미는
세기(世紀)에 없었던 물난리에 물폭탄에
한 시진(時辰)도 울지 못하고
아예 울어보지도 못하고
하얀 주검이 되어
아름다운 작별을 했다.

아직은 멀리서 천둥이 우는
7월의 마지막 밤
잠시 비 그친 자정을 틈타
악착같이 사력을 다해 우는
저 매미의 쓸쓸한 생애(生涯)만큼
치열하고 전쟁 같은 삶이
세상에 어데 있을까.

이레를 온전히 울다
사랑하고 간 매미는
정녕 행복했을까.

사흘을 울다 간 매미는
하루를 울다 간 매미보다
더욱이 행복했을까.

매미의 땅속에서
살아선 칠 분도 채 못 사는 우리네 인생에게
죽어서 매미는
신앙처럼 고운 메시지(message)를 남기고 날아갔다.

하늘이 주신 인생길이야
길든 짧든
순간순간이 행복이라고.

매미처럼 매미처럼

살아 있음에 감사하라고.
온몸으로 사랑하다 가라고.

2011. 8. 1.

이팝나무

오월에 눈이 내렸어.

간밤에 몰래 함박눈이 내려
가지마다에 사랑이 휘어지도록 하얗게
눈꽃을 피워 놓았네.

난 정말 눈이 부셔.
아무리 쳐다봐도 질리질 않아.

힐끗 쳐다본 그러나 너무 탐스런 부잣집
셋째딸 얼굴처럼 곱기도 하지.
난 아직도 야한 꿈을 꾸곤 해. 그래도
저 눈꽃이 비바람에 흩날리면 어서야 푸르름이 찾
아오겠지.

아 난 정말
이제 또 어쩌나.

이팝나무 꽃잎처럼 때를 알고

어느새 흔적도 없이 날 버리고 가는
그 사람이 너무 안타까워

저절로 가슴이 아파지는 5월엔.

2012. 5. 21.

뜨거운 언어

주고 싶어.

내가 가진 것
내게 걸친 것이 있다면

물질이든
마음이든

다 네게 주고 싶었어.

단속곳까지
원하면 속속곳까지 벗어
내 심장의 거울까지 투명하게 비추이다 꺾이는 마지막
그 생명의 사랑까지
네게는 다 주고 싶었어.

아낌없이 후회 없이
다 네게는 주고 싶었어.

제5장 우리 별이는

그런 사랑도 가끔은
어쩌다 통심(痛心)의 눈물바람.

인생도 사랑도 천둥이 치고
번개가 하늘 아래 이편에서 번듯하여 저 땅 끝까
지 비췸같이
예리하게 흔들리다 바보처럼 정말 바보처럼

바람처럼 나를 훑어보고 간 사람
오늘도 그 사람의 뜨거운 언어를 먹고 산다.

아낌없이 후회 없이 늘
네게는 다 주고 싶었어.

차마 못다 한 사랑이었지만 내 맘은
지금도 네게 그렇게 말하고 있어.

2013. 1. 6.

소경

소경은 저 바람이 지나는 길을
혼자 보고 있었을 거야.

나무가 비워놓은 나뭇가지 새의
저 너머 세상도 혼자 보고 있었을 거야.

어느 해 늦봄 수십 마리의 참새가 속속
나뭇가지 가득히 내려앉았다가 한꺼번에 떼 지어
날아오르던 순간
화들짝 떨리우던 그 잎새의 빛나는 아우성도 아마
혼자 보고 있었을 거야.

눈으로는 볼 수 없는
마음의 눈으로만 볼 수 있는
그 살아 있는 뜨거운 가슴으로나 볼 수 있는 세월을
그 애증(愛憎)의 세상 너머를
그리고 둘만의 시간을

난 정말 한참 뒤에

설야(雪夜)를 꼬박 지새우고야
이제 지금 혼자 보고 있네요.

기쁨은 영원히 슬픔은 아주 잠깐
방황이 봄처럼 왔다 여름처럼 가는
그리고 가을이 가고 겨울이 오는
아주 찰나에

난 잠들어야 꾸는 꿈을
그는 늘 꾸고 있었던 거야.

2013. 2. 22.

나는 부자이옵니다

일기(日記) 3

설야(雪夜)의 들판에 홀로 서서
한참을 너만 생각했다.

꽃이 피기 전에 꼭
네게 가리라고

....
....

아직은 땅이 추운 4월의 중순(中旬)
새벽은 온천지가 겨울인데
초록의 양탄자 위에는
벌써 꽃이 한창이네.

에그그 이러다 또
여름이 오고 말지.

2013. 4. 18.

제5장 우리 별이는

나는 부자이옵니다

우리 별이는

우리 별이는 하늘의 별 같다.

서울 하늘 아래서는 별보다
달을 가까이 보는 날이 더 많다.
별이는 내게 그런 존재다.

별을 볼 수 없는 서울 하늘에서
총총히 별을 보게 해주는 맑은 눈망울을 가진
사람보다 더 나은 해맑은 눈을 가진
그 따뜻한 가슴을 가진
우리 별이는

잘 아는 사람의 발소리에만
반가워 멍멍 짖는다.

사랑을 꼭 닮았고
가끔은 사람 같다는 생각도 들게 하는
우리 별이.

우리 별이처럼
보지 않아도 듣는
작은 귀 하나는 갖고 싶다.

2013. 12. 29.

제5장 우리 별이는

아카시아꽃

살아서 당신을 만났으니 참 감사합니다.
당신과 오늘 아침 미소로 인사를 나누었으니 정말
고맙습니다.
아카시아꽃이 그렇게 바람을 피우던 5월도 금세
가고
진초록만 바람에 하늘거리는 어느 늦은 날 오후
길거리서 스치는 그 사람들이 너무 아름답습니다.

오늘도 잠깐 누군가를 그리워했습니다.
나도 한때 잠깐 방황한 뜻을 이제 쪼금은 알 듯합
니다.
하지만 저 까치가 먼저 와 멋들어지게 둥지를 틀어
나의 혼돈은 다시 내년 이맘쯤에나 찾아와
아카시아꽃 향기에 취해 사랑의 낙관(落款)을 또 찍
고 있겠지요.

2014. 5. 23.

나는 부자이옵니다   215

한 번쯤

....
....
....

간절히 간절히

너무 아픈 당신과
한 번쯤은

내가 당신의
인생이 되어 살고 싶다.

4월의 간절한 그 깃발이 다시 흩날리는
팽목항의 9월
바람도 때론 거꾸로 분다.

누가 다시 그 이름
목 놓아 부를 날 있을까?

16세기 영웅
18세기 임금

그리워 말자.

대한(大韓)은 아직
백성들에게 외로운 세상이다.

너무 아프니까 아프니까 너와 나의
분노는 잠시 잊고 살자.

2014. 9. 3.

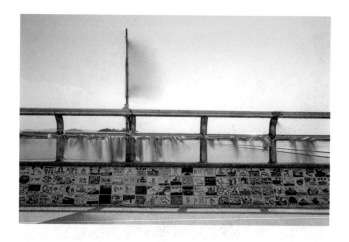

봄

소리는 전혀 없습니다.

그러나

초록이 초록이
저 미친 꽃이

혼자서도 절로 흔들립니다.

2018. 4. 12.

　　　　　제5장 우리 별이는

옛사랑

부처님처럼 앉아 계십니다.
예수님처럼 서도 계십니다.
하향길도 어둠녘
때로 가끔 돌아보면
도인(盜人)처럼 두렵습니다.
그래서 그래서
아주 멀리 멀리서 보려 합니다.

2018. 4. 28.

나는 부자이옵니다

해후(邂逅)

꽃처럼 아름다운 이별을 하자.
구름처럼 정처 없는 이별도 배우자.
저 눈 부신 태양과 황홀한 석양과도
이별하는 연습을 하자.
오늘 만난 사람과도 이별하자.
이별 없는 사랑이 어디 있으랴.
사랑과도 이별하자.
어제와 내일과도
완벽하게 이별하자.
달이 지면 저 찬란한 별 뒤에
숨어 사는 아릿한 별과도 이별하자.
그리움 없는 이별이 어데 있으랴.
이별과도 이별하자.

2018. 7. 31.

고해성사(告解聖事)

태양보다 빨리
달빛보다 어서

그림자 밑에 숨기
거기서 말하기

2018. 11. 4.

나는 부자이옵니다   221

는·은·도가 당신에게

어제는 행복
오늘은 행복
내일도 행복
그리하여

어제는 사랑
오늘은 사랑
내일도 사랑
그리하여

어제는 기쁨
오늘은 기쁨
내일도 기쁨
그리하여

어제는 기도
오늘은 기도
내일도 기도
그리하여

제5장 우리 별이는

어제는 인연
오늘은 인연
내일도 인연
그리하여

어제는 별
오늘은 정(情)
내일도 꽃
그리하여

어제는 당신
오늘은 당신
내일도 당신
그리하여

사랑이여

2019. 1. 26.

고독

나도
가끔

춘(春)
하(夏)
추(秋)
동(冬)

한곳만 간절히 바라보는
솟대이고 싶다.

2019. 2. 21.

나는 부자이옵니다   225

그

그가 따르는 술은
가끔 꿀맛처럼 달다.

그의 언어는 가끔은 기도 같다.

너는 하늘의 끝을 아냐
나 바다의 깊이 또한 모르니

그냥 같이 살자.
한평생도 다음 한세월도 같이 살다 가자.

가끔 그가 따르는 술은
익모초처럼 쓰다.

그의 말은 가끔은 독(毒) 같다.

그래도
그래도

비바람 세찬 날 나를 돌아본
너의 얼굴 때문에
나 오늘을 산다.

가끔 그의 몸짓이 나를 행복하게 한다.

2019. 6. 23.

나는 부자이옵니다

제5장 우리 별이는

방하착(放下着)

저 푸른 하늘이 끝이 없다는 사실을
가끔은 두려워하며

물처럼 아래로 아래로 흘러가세나

저기 앞서 위태위태
산을 지고 언덕을 올라가는 이
내려놓으시게

아 저기 뒤에 아슬아슬
산을 지고 언덕을 올라오는 이
다 내려놓으시게

만류하러 달려가 그의 얼굴을 보니
그이가 바로 나였네.

2019. 8. 21.

제6장

의역(意譯)을 부탁해요

232   제6장 의역(意譯)을 부탁해요

천의무봉(天衣無縫) 1

그의 글은
새벽 대롱에 맺힌 이슬방울처럼
깨끗하다 못해 투명하다.

그의 글은
한여름 물폭탄을 맞은 것처럼
시원하다 못해 신선하다.

그의 글은
그의 고뇌를 알기에 충분한
감흥(感興)의 파노라마다.

그의 언어로
인생 후반전은

두려움 없이
서두름 없이

2019. 10. 19.

천의무봉(天衣無縫) 2

그의 글은
언어 창조의 마술사처럼
매끄럽다 못해 자연스럽다.

그의 글은
그의 어제로 나에게
오늘 말을 건다.

어제를 이겨낸 그의 노래와
시(詩)와 삶이 여기 고스란히 있다고

그의 글은
별이 진 뒤에 오는 여명(黎明)처럼
첫 새의 울림처럼 올히 우리를 깨어나게 한다.

제6장 의역(意譯)을 부탁해요

인생 후반전은 다시

두려움 없이
서두름 없이

(최주섭 벗의 제2권의 책 제목을 인용함)

2019. 10. 27.

천의무봉(天衣無縫) 3

그의 글은
집을 나간 영혼이 다시 돌아와
옆에 누운 것처럼 따뜻하다.

그의 글은
우리가 사는 오늘
동시대(同時代)의 자랑거리다.

그의 글은
길을 알고 가니
스승이 따로 없다.

은퇴 없이 사는 삶이 어디 있는가.

은퇴 전환기 마음 길라잡이

인생 후반전
두려움 없이
서두름 없이

그의 글은

나의 나를 뒤돌아보게 한다.

(최주섭 벗의 제1권과 제2권의 책 제목을 인용함)

2019. 10. 27.

날마다 웃음

늘 오늘입니다.
내일 일은 모르니까요.

그 사람의 얼굴
그 사람의 미소
그 사람의 말

그 사람의
간절한 기도처럼 사는

늘 오늘입니다.
내일 일은 누구나 모르니까요.

아침 거울 속의 나는
참 못생겼습니다.

혼자 웃는 일도 행복의 첫걸음이라
자꾸 연습을 합니다만

하지만 세상에서 가장 어려운 일이
가장 쉬운 일이
웃음인 것을

저 황금빛 보름달을 쳐다보다
혼자 웃습니다.

삶이 다 오늘입니다.
오늘이 없으면 내일의 행복도 없습니다.

어쩌다 거울 속의 고독한 나는
혼자서 웃고 있습니다.

하하하
때론 그 사람과 내가
서로 마주 보고 웃고 있습니다.

2020. 1. 14.

합장(合掌)

두 손이 늘 부끄럽습니다.

비우니
그 여자의 얼굴이 보이고
다 비우니 그 여자의 모습이 보입니다.

마음이 늘 안타깝습니다.

내려놓으니
그 남자의 미소가 보이고
다 내려놓으니 그 남자의 마음이 보입니다.

계절마다 늘 후회스럽습니다.

그 여자에게
그 남자에게

해준 것이 하나도 없는 나는
사랑의 빚으로

고스란히 남아
두 손이 늘 부끄럽습니다.

가끔은 사랑으로 웁니다.
바람이 길동무처럼 함께 울다 스칩니다.

두 손이 부끄러운 날은
날마다 오늘을 사랑으로 채워야겠습니다.

사는 동안은
보고 만나는 이에게 공손해야겠습니다.

2020. 2. 18.

나는 부자이옵니다

통곡(慟哭)

시(詩)는 죽었다
그 누구도 노래하지 말라

대구로 갈 수 없는 그 누구도
시를 접어라
대구여 대구여 노래할 수 없으면
가왕(歌王)도 노래하지 말라

나의 시(詩)는 죽었다
마흔아홉에 하늘로 간 나의 아버지
그날 흘린 눈물보다 나 서러이 우노니

시(詩)가 죽었다
그 누구도 노래하지 말라

대구로 갈 수 없는 그 누구도
울지 말라
기도하지 말라

나의 나라에 가끔은
시(詩)도 없고 노래도 없어
지금은 깜깜한 어둠

저 어둠은 결코 태양이 밝히는 것이 아니다
이제는 우리 사람의 힘으로 사랑으로
저 찬란한 빛을 향해 이 어둠을 뚫고 가야만 한다

시(詩)도
노래도
위정자(爲政者)도

다 지금은 내려놓기
나의 나라 나의 대구로 달려가세

대구로 갈 수 없는 그 누구도
기도하지 말라
울지도 말라

2020. 3. 3.

춘삼월(春三月)

나이 이순(耳順)이 넘으니
사람이 좋다
꽃이 좋고 바람이 좋고
사랑이 좋구나
옆집 아파트와 나의 빌라 사이에 뜬
저 보름달이 너무 좋구나
오늘은 그리움도 좋구나

내일인가 모래 목련은 피겠지
저 남국에서 날아온 할미새는 어디서
첫잠을 잘까
잠이 안 와
그래서 외로움도 좋아

나이 이순(耳順)이 넘으니
보고 싶은 사람
아픈 사람
사랑할 수 있는 사람
기도할 수 있는 사람이 많아

춘삼월(春三月)이 온다네

춘삼월(春三월)이 좋아
사랑이 좋아 사람이 좋아
제비도 새풀을 밟으며 날아온다네

2020. 3. 10.

나는 부자이옵니다

제6장 의역(意譯)을 부탁해요

의역 (意譯)을 부탁해요

시(詩)는

그 남자의 말을
바람이 통역하고
나는 받아 적습니다.

사랑은

그 여자의 언어를
잎잎이 통역하고
나는 받아 적지 못합니다.

누가
나의 모진 사랑에 대해

의역을 부탁해요.

2020. 3. 24.

낮은 곳으로

사랑이여 오늘
내가 어디로 가는가
묻지 말게

그대여 냇물이 강이 흘러
어디로 가는가
묻지 말게

나도 너도 오늘
태양을 보고 달도 보며 살았으니
참 잘 산 거네.

희로애락(喜怒哀樂) 인간사도
애인하사(愛人下士) 하면
구도(求道)의 길

애인이여 내가 내일
어디로 가는가
묻지 말게

기도도 하지 말게

어쩌다 우리
인연이 닿으면

이 땅의
가장 낮은 곳에서
서로 만나 인사하세

2020. 4. 18.

나는 부자이옵니다

나의 집

나의 집은
사랑으로 울타리를 세우고

행복으로 문을 내고

아무 때나
손님이 오시도록
지친 나그네도 쉬어가도록
대문은 활짝
웃음으로 열어두지요.

별 하나
꽃 하나

바람도 쉬어가지요.

2020. 12. 12.

나는 부자이옵니다

만추(晚秋)

당신은 그래도
누군가의 그리움이나 되지
나는 어느 세월에
누군가의 그리움 하나 될까
단풍잎만 쳐다보다
나의 꽃은 지네

2021. 12. 22.

제6장 의역(意譯)을 부탁해요

풀꽃 사랑

풀꽃은
쪼그리고 앉아
한참을 보아야
내게 말을 건다.

풀꽃은
이 하늘 아래
가장 낮은 자세로
무릎을 꿇고 보아야
그제야 나를 보고
웃는다.

2022. 4. 2.

바위 앞에서

버려야 한다.
미움도 증오도
성냄도 버려야 한다.
슬픈 이별도
때로는 사랑까지도
버려야 한다.

저 바위처럼
태곳(太古)적 침묵을
바람의 고요를
읽어야 한다.

내려놓아야 한다.
욕심도 욕망도
애증도 내려놓아야 한다.
아픈 인연도
때로는 추억까지도
내려놓아야 한다.

나를 비워
신(神)의 부르심에
새의 깃털보다 가벼이
날아갈 수 있도록
내려놓아야 한다.

그리고 날마다
마음의 거울에 나를
비춰보아야 한다.

2022. 5. 4.

인연(因緣)

그대와 나
우리는 서로 인연입니다
만남도 이별도
스치는 것은 다 인연입니다
몸과 마음
생각도 인연입니다
직업에 귀천(貴賤)이 없는 것도
의식주도
신앙도 무신(無神)도 인연입니다
태어나 늙고
병들고 죽는 것도
오감(五感)도 인연입니다
살아 있는 것과
바람이 사는 곳도 인연입니다
인연이 아닌 것은
거기까지가 모두 인연입니다

2022. 5. 7.

그리움은

여보게
그리움은 두고 가게나

그리움만 몽땅 지고
지금 어딜 가시나

그리움까지 놓아야
다 버리는 거라네

2022. 5. 25.

일생(一生)

때를 알고
가는 길을 알고

낙엽은
그리움의 무게로 떨어진다.

먼 훗날을
그러나 아주 가까운
아름다운 봄날을 기약하며

지극한 사모의 속살거림으로
톡톡 떨어져
바람이 된다.

잡을 듯 잡힐 듯
놓칠 듯 놓친 듯

낙엽은 초록의
우리는 청춘의

제6장 의역(意譯)을 부탁해요

서로 다른 주인공이 되어

바람처럼 오늘을
살다가는
모든 생명의 삶은

원래(原來)의 고향
저마다의 땅으로 돌아간다.

때를 알고
가는 길을 알고
천명(天命)을 알고 가는 이의
일생은 또
얼마나 아름다운가.

2022. 10. 13.

교신

말이 무기가 되어
타인을 해치는 일이 없도록
예쁜 생각으로
늘 웃으며
공손히 예를 다하라고

휘영청 달 밝은 밤
또르 또르 또르르

어디선가
교신이 온다.

받는 것보다
주는 것을 더 좋아하는
타인을 위해
오늘을 기도하는
아름다운 사람이 되라고

이 깊은 가을밤

또르르 또르 또르

어디선가 밤새워
교신이 온다.

2022. 10. 26.

나의 장모님

사랑하는 아내의
어머니의 어머니의
가장 예쁜 딸이었던
나의 장모님은

아흔 하고도
임인(壬寅)년 이제 한 살

얼굴 한가득
회한(悔恨)으로 얼룩진 잔주름만
오래 사랑들어 빠글빠글한
그리하여
더는 다정할 수 없는

실존하는 21세기 노년의
슬픈 초상(肖像)이다.

가끔 하얗게 빈
당신의 귀한 정신 세계는

　　　　제6장　의역(意譯)을 부탁해요